Werner HERTHA

Torhüter -
die erfolglosen Flieger

Eine ernst gemeinte Provokation

Pflichtliteratur
für Fußballfreunde

© 2012 Werner HERTHA

Korrektorat: Dr. Peter G. Schneider; Dipl.-Ing. Jürgen Möller

Verlag: tredition GmbH, Hamburg
Printed in Germany
ISBN: 978-3-8491-2056-6

Bibliografische Information der Deutschen Nationalbibliothek:
Die Deutsche Nationalbibliothek verzeichnet diese Publikation in der Deutschen Nationalbibliografie; detaillierte bibliografische Daten sind im Internet über http://dnb.d-nb.de abrufbar.

Inhalt

Vorwort

Wenn ein Torhüter den herannahenden Ball im Laufen nicht mehr erreichen kann, soll er einen Hechtsprung ausführen. So steht es in den Trainingsanleitungen.

Damit unterstellen deren Verfasser, dass ein Torwart schneller fliegen kann als sprinten. Dass er aber ohne Bodenkontakt ziemlich hilflos durch den Torraum schwebt, in jeder Hundertstel Sekunde an Tempo und Höhe verliert, dass er für gezielte Bewegungen seiner Arme und Beine nur wenig Gegenkraft zur Verfügung hat, das alles scheint noch keinem Menschen aufgefallen zu sein.

Es würde mich freuen, wenn endlich jemand wissenschaftlich nachweisen könnte, in welchen Situationen der Hechtsprung die bessere oder die weniger gute Aktion zum Fangen oder zur Abwehr des Balles ist.

Aber bevor das Ergebnis solcher Untersuchungen vorliegt, die Theorie und Praxis so weit wie möglich zusammenführen, dürfen mir die Befürworter des Hechtsprunges gern widersprechen.

Werner Hertha

1. Unhaltbar

Die Krönung für die angreifende Mannschaft ist ein geglückter Fallrückzieher, besonders dann, wenn ihn der gegnerische Tormann mit einem spektakulären Hechtsprung pariert, aber der Ball flutscht ihm gerade so über die Fingerspitzen ins Netz. - "Tooor ! - Tooor ! Unhaltbar!!!", höre ich den Fernseh-Kommentator schreien. Und im Stadion verquirlen sich tausendmal "Toooor ! - Jaaa ! - Ouuu ! - Aaah ! - Uiiii ! - Schööön ! - Uuunhaltbar ! - Geil ! - Nicht zu halten ! - Klasse ! - Schei.. !"

Jetzt kommt einer daher gelaufen und behauptet: Der Tormann hätte den Ball mit einem frischen Sprint gut und gern halten können, der Hechtsprung war falsch; der Schuss war durchaus zu halten.

Das Gegenstück ist ein Strafstoß, einer, der den Namen gar nicht verdient und auch nicht hat, weil niemand bestraft werden soll. Es ist nämlich der entscheidende Elfmeter im Endspiel eines Tourniers - nach der Nachspielzeit, nach der Verlängerung, nach mehrmaligem Gleichstand im Elfmeterschießen und jetzt: ein Tor voraus für die Mannschaft des Torwarts.

Als normal wird angesehen: Der Elfer muss drin sein. - Wieder Ausgleich. Tritt aber der nicht normale Fall ein: Der gut platzierte, scharfe Schuss geht in die Ecke, die der Torhüter erahnt, und der lenkt den Ball im perfekten Hechtsprung über die Latte oder um den Pfosten, kennt die Fußballwelt kein Halten.

Bevor die Siegerehrung beginnt und während der Pokal oder die "Schüssel" auf einem Podest - noch unberührt - zahlloser Streicheleinheiten und Küsse harrt, zappelt das Video mit der ruhmreichen Keeperleistung schon hundertfach im Internet.

Jetzt kommt wieder der Spinner, der vorhin schon den Hechtsprung madig machte, und meint, dass der Tormann einen hervorragenden und erfolgreichen Hechtsprung gezeigt hat. Aber vom selben Ausgangspunkt und mit der selben richtigen Seiten-Ahnung hätte er mit ein paar schnellen Schritten und Bodenkontakt den Ball noch sicherer unter Kontrolle bringen können.

Im zweiten Fall spielt das absolut keine Rolle mehr. Das Tournier ist gewonnen. Wozu die Klugsch....ei? Aber im ersten Fall kann es außer dem Zähler in der Tordifferenz einen richtigen Punkt bedeuten, oder drei Punkte, vielleicht sogar den Aufstieg oder Nicht-Aufstieg, den Tourniersieg, schlimmer noch: den Abstieg anstatt des Klassenerhalts.

Ich bin der dahergelaufene Spinner. Am Computer schaue ich mir zum Beispiel auf www.youtube.com /watch?v=ji59mj6MphQ die Tore an, die dort unter FIFA goals im Fünf-Sekunden-Takt gezeigt werden. Ich sehe zwar dem Video nicht an, mit welcher Geschwindigkeit

Aufnahme und Wiedergabe abgelaufen sind. Aber ich erkenne, dass da Menschen mit großen Handschuhen zu fliegen versuchen, an Orte, die sie zu Fuß schneller und sicherer erreichen könnten. Acht Fuß = 2,44 Meter misst ein Fußballtor bis unter die Latte. Männer mit einer Körperlänge knapp unter zwei Metern knicken sich - frei schwebend - kürzer, um (vermeintlich) höher und weiter reichen zu können.

Im Nürnberger Stadion sah ich einen Torwart, der fing schon beim Warm-Spielen jeden Ball, der direkt auf seinen Oberkörper zu flog, indem er mit angewinkelten Knien in die Höhe hüpfte. Die "Gluberer" *(in Franken: C=G)* haben das Spiel verloren. Mit diesem Tormann folgten noch einige solche Spiele - zu viele. Wenn ich gute Schauspieler in Heldenpose sehen will, gehe ich lieber in ein richtiges Theater.

Ich bin mir nicht sicher, ob ich beim Ansehen diverser Talk-Shows und Interviews die Akteure bewundern oder bedauern soll, die unumwunden - und oft noch mit Stolz und Häme - kund tun, sie hätten beim Abi das Fach Physik abgewählt. Beim Abi mag das ja noch gehen. Im täglichen Leben - und besonders beim Sport - lassen sich die Naturgesetze nicht abwählen.

2. Hechtsprung gehört zum Fußball - noch !

Das gebe ich ja zu: Er ist eine der attraktivsten Aktionen im Spiel und wird immer im Zusammenhang mit einem Torschuss ausgeführt. Das macht die Brisanz aus. Zu dem ganz besonderen Hechtsprung, bei dem ein Feldspieler einen "tiefen Ball" in das gegnerische Tor köpft, komme ich an anderer Stelle noch.

Sie haben es schon bemerkt: Ich habe für den Hechtsprung nichts übrig. Denn ich vertrete die These, dass der Hechtsprung in den meisten Fällen aus der Sicht der Körpermechanik nicht angebracht ist. Eigentlich bin ich der Meinung, der Hechtsprung ist in allen Fällen nicht angebracht, aber vielleicht kann mir doch irgendwer einen Umstand nennen, der ihn unbedingt rechtfertigt. Ich kenne bis jetzt noch keinen.

Zur allgemeinen Begründung führe ich an:

1. Der Torwart verlässt - ohne ausreichende Möglichkeit zur Beeinflussung seiner Flugbahn - sein Basis-Medium, den Erdboden.

2. Einmal abgehoben, vermag er weder zu beschleunigen, zu bremsen, noch seine Position hinreichend wirksam zu verändern.

3. Auch die Bewegung der Gliedmaßen zum Ball ist wesentlich weniger präzise, als sie bei Bodenkontakt sein kann.

Zum Ersten ist anzumerken, dass sich der menschliche Körper zum Fliegen ohne technische Hilfsmittel nicht eignet.

Zum Zweiten sei ergänzt: Hechtsprünge gehören in den Startvorgang beim Schwimmen, zum Sprung beim Gerätturnen, zum Wasserspringen und zu ähnlichen Sportarten. Bei denen geht es jedoch nicht um das Ergreifen, Abwehren oder Ablenken eines Gegenstandes (Ball), der in einem Abstand zwischen einem und sieben Metern an dem Sportler vorüber zu fliegen droht.

Der Torwart erreicht im Zeitpunkt seines Abhebens seine höchste Geschwindigkeit. Dass sein Körper durch die Schwerkraft in einem undefinierten Bogen dem Erdmittelpunkt entgegen strebt und bald auf den Boden klatscht, kann wohl als zielführende Beschleunigung vernachlässigt werden. Wie jede normale Gewehrkugel, wie jedes Wurfgeschoss, wie jeder weg getretene Ball, wird der Tormann vom Startpunkt an nur noch langsamer. In der Technik heißt das $V_0 = V_{max}$ *(sprich; Vau Null ist gleich Vau max).* Die Anfangsgeschwindigkeit ist also auch die Höchstgeschwindigkeit.

Drittens muss festgehalten werden: Das Sprichwort vom "festen Boden unter den Füßen" gilt nicht nur im übertragenen Sinn als Synonym für solide Verhältnisse.

Auch im physikalischen Bereich der biologischen Körpermechanik hat der Boden unter den Füßen eine herausragende Bedeutung. Wasserballer agieren in ihrem Medium schon wesentlich unpräziser als Handballer. Das Medium Luft ist aber noch weniger dazu geeignet, dem menschlichen Körper für schnelle, möglichst ruckartige Bewegungen ausreichend Widerstand zu bieten.

Ich will nicht unterschlagen, dass der schnell fliegende Körper des Keepers durch das Beharrungsvermögen in der Bewegung *(1. Newtonsches Gesetz)* auch ohne Bodenkontakt eine gewisse Stabilität besitzt. Die wird aber durch jede Bewegung, auch der Gliedmaßen, gestört. Deshalb kann der fliegende Torhüter die Stabilität oft nur ungenügend dazu nutzen, eine Hand oder einen Fuß - in der entscheidenden Zeitspanne - dorthin zu bewegen, wo der rasend schnell fliegende Ball (ca. 100 km/h) gerade den grundsätzlich erreichbaren Ort passiert.

Schon oft habe ich erfolglose Hechtsprünge gesehen, bei denen der Ball den fliegenden Keeper durchaus in Reichweite passierte. In einigen Fällen flog der Ball *unter* ihm durch, und sogar unter den Händen des schwebenden Torwarts. Jede Korrektur der Körperhaltung ist nach dem Abheben erheblich weniger zielgenau als mit Bodenkontakt.

Ein antriebsloser Körper, der sich nicht mit dem Boden oder einem anderen festen Objekt in Berührung befindet, unterliegt mit seinem Schwerpunkt allein der Schwerkraft und dem Trägheitsprinzip. Beim gestreckten Hechtsprung beschreibt der Schwerpunkt des Tormannes vom Abheben bis zur Landung grundsätzlich einen Wurfbogen, auch Wurf-Parabel genannt. Diesbezüglich geht es dem Keeper im Wesentlichen nicht anders und nicht besser als dem leibhaftigen Fußball.

Heutige Fußbälle haben kaum noch "Eigenleben"; keine Schnürung und kein schweres Ventil stören mehr Rotation und gleichmäßigen Flug. Nur Luftwiderstand und Schwerkraft beeinflussen nach dem Abschuss die Flugbahn. Selbst Wind ist in den modernen, hoch umbauten Stadien kaum noch von Bedeutung. Der Drall, durch seitliches Antreten verursacht, kann dem Ball - durch unterschiedlichen Luftwiderstand an seiner Peripherie - eine Flugbahn geben, die vom Spieler zwar gewollt, jedoch kaum im Voraus mit Präzision bestimmt werden kann. Ebenso wenig kann der Tormann einen, mit solchem Effet getretenen, heran fliegenden Ball eindeutig einschätzen und parieren - am wenigsten, wenn er selbst fliegt.

Der Torsteher beeinflusst - als Torflieger während des Hechtsprunges - doch in gewisser Weise seine Flugbahn, leider meistens negativ. Jede mechanische Bewegung von Körperteilen verlagert den Schwerpunkt und verändert die Flug-Geschwindigkeit und damit die Flugbahn. Wollte man den Hechtsprung idealisieren, vielleicht, um ihn doch noch mechanisch salonfähig zu erhalten, müsste der Keeper, während er noch Bodenkontakt hat, schon die Arme strecken. Seine Beine müsste er nach dem Abheben gestreckt lassen, wie es die Schwimmer ganz bewusst beim Startsprung tun.

Das vorwärts Stoßen der Arme während des Fluges und das übliche Anwinkeln der Beine bewirken die Verlagerung des Körperschwerpunktes in Flugrichtung. Damit wird der Oberkörper "schwerer" und tendiert nach unten. Die für die Verlagerung ruckartig eingesetzte Kraft bremst die Flugbewegung. Die Arme stoßen mit ihrer Gegenkraft den Körper zurück, und die Beine ziehen beim Anwinkeln am Körper - ebenfalls entgegen der Flugrichtung.

Stellen Sie sich auf eine Personenwaage und strecken Sie die Arme ruckartig nach oben. Je schneller sie das ausführen, umso größer wird die Differenz zwischen Anzeige und tatsächlichem Körpergewicht.

3. Übergriff soll die Misere ausgleichen

Der Hechtsprung mit Übergriff gilt wohl unter Fachleuten und Laien als das Non plus Ultra der Torwart-Fliegerei. In den Trainingsanleitungen ist davon die Rede, dass der Tormann mit der "ballfernen Hand" den Ball über oder neben das Tor lenken soll. Die ballferne Hand wird auch als "obere Hand" bezeichnet. Das lässt erkennen, weshalb dieser - für mich ominöse, ja paradoxe - Übergriff überhaupt nötig ist.

Zunächst zum Ablauf: Der Tormann soll den hoch heran fliegenden Ball, den er (angeblich) mit Laufen nicht erreichen kann, durch einen Hechtsprung über oder neben das Tor lenken. Die Strecke zwischen Standort des Tormannes und voraussichtlicher "Einschlagstelle" des Balles ist so lang, dass der Tormann - wie beschrieben - beim Erreichen des Balles schon bedeutsam an Flughöhe verloren hat. Das macht es ihm unmöglich, die - von Natur aus - "ballnahe Hand" einzusetzen, denn die befindet sich inzwischen unter seinem Körper, also viel zu weit unten. Indem er die ballferne, obere Hand einsetzt, gleicht er den Höhenverlust aus.

Dass eine solche Aktion umfassende Koordination, gewaltige Sprungkraft, exaktes Timing und Mut zum Risiko erfordert, muss nicht weiter erörtert werden. Viele haben lange trainiert, nur wenige konnten den Übergriff perfektionieren.

Trotzdem - ich stelle die Notwendigkeit des Übergriffs in Zweifel, denn er basiert auf einem grundsätzlichen Irrtum: Die Trainingsanleitungen gehen davon aus, dass der Hechtsprung angewendet werden soll, "wenn ein Erlaufen des Balles nicht mehr möglich ist" *(Zitat aus: www.torwart.de/?2219).* Das unterstellt, dass der Torwart schneller fliegen kann als sprinten und dabei seine Bewegungen mindestens ebenso gut koordiniert. Aber, selbst wenn das zuträfe, bleibe ich bei meiner Behauptung, dass er mit den Füßen auf dem Boden in weitgehend aufrechter Körperhaltung höher und sicherer greifen, abwehren und ablenken kann. Das erforderliche Training setze ich voraus. Dazu hat der künftige Torwart ausreichend Zeit und Gelegenheit, denn er muss sich nicht mehr mit unnatürlichem Flugtraining abplagen.

Auf den Sprint zu verzichten, bei dem der Keeper mit jedem Schritt die Geschwindigkeit zu erhöhen vermag, und stattdessen einen überaus hastigen Flugversuch zu unternehmen, halte ich für absolut falsch. Zumal beim Sprint Position und Haltung des Körpers den Erfordernissen besser angepasst werden können. Der Torwart kann für das Erreichen des Balles mit einer Hand, mit beiden Händen oder sogar mit einem Fuß bei Bodenkontakt schneller und sicherer agieren.

Nun könnte man anführen, dass der Goalkeeper beim Hechtsprung in der selben Zeit, in der er sich fliegend bewegt, auch eine Körper-Streckung ausführt und somit seine Hand - besonders die ballferne (s. o.) - doch schneller zum Ball bewegt als beim Sprint. Schneller, meine ich, ist nicht möglich, denn der Flug kann nicht schneller sein als der Sprint. Und das vorwärts Bewegen der Hand oder der Hände geht beim Sprint ebenso schnell. Sicher konnte Oliver Kahn ob seiner gewaltigen Sprungkraft besonders schnell fliegen; und vielleicht gibt es weltweit noch eine handvoll Torleute, die das ähnlich gut können.

Ich behaupte ja nicht, alle Hechtsprünge - mit oder ohne Übergriff - gingen ins Leere. Aber, wenn irgendwo eine Serie von beliebigen Toren gezeigt wird, sind darunter immer solche, bei denen sich - nach dieser Lektüre - dem aufmerksamen Beobachter die Erkenntnis aufdrängt, mit einem beherzten Sprint hätte der Keeper den Ball erreicht. Ob der Sprint bei gleicher Kondition langsamer als der Flug ist oder gewesen wäre, das hat, soviel ich weiß, noch niemand im direkten Versuch gemessen.

2009 hat unter der Leitung von Professor Doktor Alexander Ferrauti der Lehrstuhl für Sportwissenschaft an der Ruhr-Universität Bochum in der Reihe Trainingslehre die Arbeit "Entwicklung einer Testbatterie für den Fußball-Torhüter" veröffentlicht (*www.sportwissenschaft. rub.de/mam/traiwi/publikationen/angebote/down6.pdf*). Die Autoren verfolgen darin als wesentliches Ziel das Erkennen förderfähiger Talente für den Torwart-Nachwuchs. Mit umfangreicher, aufwändiger Test- und Messtechnik werden zwischen Abstoß (A) und Zugriff

(Z) große Datenmengen ermittelt und ausgewertet. Eine Bestätigung oder Widerlegung meiner These konnte ich daraus nicht ableiten, denn zum Erreichen des Balles wurde den Probanten der Hechtsprung vorgegeben. Anfänglich zogen die Tester einen "Side-Step-Sprint" zum Vergleich heran. Die unnatürliche Bewegungsart war aber - für mich erwartungsgemäß - wesentlich langsamer als der Hechtsprung und wurde später aus dem Testprogramm gestrichen. Hingegen kamen die Zeiten für einen "5-Meter-Liniear-Sprint" den Zeiten für den Hechtsprung von der Tormitte zu einem der vier Torwinkel ziemlich nahe. Aber kein Tor ist 10 Meter breit! Einen Vergleich der Treffsicherheit von Hand und Fuß ohne und mit Bodenkontakt konnte ich in der Arbeit auch nicht finden.

Ich würde mich sehr freuen, wenn meine bewusst provokante Schreiberei zu einer solchen, längst fälligen Untersuchung führen würde.

Die meisten Keeper, die sich zeitlebens beim Training um die besondere Kunst des Hechtsprungs mit Übergriff bemühen und vor ihrem Kasten zu oft nur Bewunderung für den tollen Flug erheischen, sollten ihre Kraft und ihre Zeit für Konditions- und Reaktionstraining aufwenden und dem Ball besser mit Bodenkontakt entgegen streben.

Die Wahrscheinlichkeit, den Ball zu erreichen, ist damit größer. Das Ergebnis ist weniger zufällig und sicher auch etwas weniger von der Tagesform abhängig. Das könnte aber bedeuten, dass in Zukunft noch weniger Tore fallen.

4. Noch weniger Tore?

Zunächst die Binsenweisheiten: Das Fußballspiel ist ein Mannschaftssport, der grundsätzlich Freude macht und in den bestimmten Ligen auch Geld einbringt, nicht nur den unmittelbaren Akteuren. Mehr Freude und mehr Geld gibt es, wenn die Mannschaft ein Spiel gewinnt - und noch mehr, wenn sie viele Spiele gewinnt.

Aber eine Mannschaft kann Spiele nur gewinnen, wenn sie Tore erzielt. Als Ideal gilt außerdem, wenn sie im eigenen Kasten keine Tore zulässt. Es reicht auch aus, Tore zu schießen und selbst weniger zu kassieren. Das gelingt eigentlich nach dem Leistungsprinzip. Wer besser Fußball spielt als der Gegner, gewinnt.

Dazu gehört auch sportliche Fairness, denn Unsportliches ist meistens regelwidrig und wird bestraft. Den Schiedsrichter zu bequasseln, ist zwar nicht direkt unsportlich, wird aber trotzdem bestraft, denn der braucht seine Nerven wahrlich zu Wichtigerem, als sich die Brabbelei oder gar das Geschimpfe enttäuschter Spieler und Trainer anzuhören.

Seltsamer Weise legen sich die Spieler einer überlegenen Mannschaft kaum mit dem Schiedsrichter an, die Unterlegenen dafür umso mehr, die knapp Unterlegenen wohl am meisten. Niemand ärgert sich gern über sich selbst. Da wird sich doch beim Gegner ein Schuldiger finden lassen - und das muss der Schiri anerkennen und bestrafen. Aber mindestens anhören muss er sich das, und im weiteren Spielverlauf muss er es irgendwie berücksichtigen. Ausgleichende Gerechtigkeit - so heißt das dann.

Aber, wo bleibt die Gerechtigkeit, wenn …. ? Umknicken beim Warmlaufen, eine Verletzung beim Zusammenprall von Spielern der selben Mannschaft, der Foulende wird selbst vom Platz getragen. Es gibt viele Spiel entscheidende, ja Tournier entscheidende Ereignisse, die mit dem Leistungsprinzip nichts oder nur ganz wenig zu tun haben.

Jürgen Wegmann hat es mit seinem legendären Ausspruch auf den Punkt gebracht: "Da hat man schon kein Glück und dann kommt noch Pech dazu." *(www.zitate.online.de)*

Neulich hat ein "Experte" behauptet, der Spruch sei von Lothar Matthäus. Erst wollte ich ihn in dem Glauben lassen. Doch, als er noch fünf weitere Fußballweisheiten und Versprecher ebenfalls dem "Loddar" zuordnete, die dem aber ebenfalls nicht wirklich anzulasten waren, widersprach ich. Am Ende half nur das Internet, den Alleswisser zu überzeugen.

Jürgen Wegmann, der wahre "Verfasser" des Spruches über Glück und Pech, machte dazu seine ganz eigene handgreifliche Erfahrung. Nach einer - eigentlich nicht beklagenswerten - Aktion als Bayern-München-Stürmer hat ihm HSV-Torwart Uli Stein 1987 im Finale des Super-Cups als Reaktion auf das kurz vor Spielende erzielte 2:1 mit der Faust mitten in sein Jubelgesicht geschlagen. Das hatte ja wohl weniger mit Glück oder Pech zu tun. Uli Stein hat den Schuldigen nicht erst lange beim Schiedsrichter verpetzt. Weswegen auch? Er hatte den Torschützen ja vor sich. Patsch! - Finale verloren, Stein: Platzverweis, für Wochen gesperrt, Rausschmiss beim HSV. Es sei nicht persönlich gemeint gewesen, sagte er und entschuldigte sich beim Jürgen. Wie, wen oder was hat er denn dann gemeint? Sein eigenes Unvermögen, sein eigenes Pech, die miserable HSV-Hintermannschaft? - Jürgens verdientes oder unverdientes Glück? Jürgens fantastische Leistung?

Ja, ja, - das war halt wie so oft im Leben: Getadelt - in dem Falle sogar geschlagen - werden nicht immer die Schuldigen, sondern einfach die, die gerade da sind.

Ein Fußballspiel hat viele Fassetten. Ein Tor kann alles entscheiden! - Denn es fallen ja davon in üblichen Spielen nur sehr wenige.

Da höre ich doch einen sagen: "Wenn das stimmt, das mit deinen falschen Hechtsprüngen, und die Tormänner rennen in Zukunft lieber zum Ball, dann fallen ja noch weniger Tore. Und ohne Hechtsprung fehlt doch was, rein optisch. Rennen sieht doch lange nicht so spektakulär aus."

Überlassen wir das doch den Torhütern, den Trainern, den Sport-Direktoren und den Finanz-Jongleuren der Vereine, ob sie sich im Zweifelsfall für den attraktiven Hechtsprung oder für die unattraktive, erlaufene, aber erfolgreichere Abwehr mit Bodenkontakt entscheiden. Ich nehme an, dass Tore viel zu rar sind, um freiwillig verschenkt zu werden. Wenn man mehr Tore sehen will, muss man das Spielfeld oder die Tore vergrößern oder die Mannschaften verkleinern. Solche Überlegungen flackern ja immer mal wieder in Fachkreisen und in den Medien auf. Bringt sie doch voran!

Oder es geht mit den wenigen Toren weiter, einfach so, wie bisher. Wenn wir die Tore und die üblichen "Ungerechtigkeiten" beim Fußball - Fußball überhaupt - etwas weniger ernst nehmen, als wunderbare Unterhaltung betrachten und genießen (!), können wir doch alle viel und oft gewinnen. "Spielerisch überlegen", "sportlich überlegen", "schönen, fairen Fußball gespielt" - solches Lob kann uns doch auch etwas wert sein.

Beim Skispringen werden auch nicht nur die geflogenen Meter vom Schanzentisch bis zur Aufsprungstelle gewertet. Noten für die Haltung während des Sprunges, für die Präzision des Aufsprunges und für den Auslauf gehen neben Anlauflänge und Wind ebenfalls in die Entscheidung ein. Und die anderen Komponenten können bei schönen, nicht überragend weiten Sprüngen sogar höher sein als die Teilnote für die Weite.

Bei so vielen Experten in einem Stadion und hunderten statistischen Ergebnissen, von denen uns der Kommentator nur wenige präsentieren kann, werden sich doch ein paar be- und verwertbare Parameter herauskristallisieren lassen. Ich treibe es nun auf die Spitze: Was kümmern uns die Tore? - Lassen wir doch per Handy die Masse der anwesenden und an den Bildschirmen mitfiebernden Koryphäen entscheiden, wer ein Spiel gewonnen hat. TED nach Abpfiff. Oder noch besser: TED bei jedem Foul, bei jedem Abseits, bei jedem Tor, TED, TED, TED ...., dazu Torkameras, Linienkameras, Funk im Ball, Sensoren in den Pfosten und Latten, zehnköpfiges Life-Video-Auswertungs-Schiedsrichter-Beratungs-Team. Aber bitte öffentlich, durchschaubar und demokratisch!

Oder wir tauschen den ganzen Spannungs-Firlefanz gegen etwas mehr Gelassenheit ein. "Vizemeister" ist eine Mannschaft, die zum Beispiel das letzte Spiel eines großen Wettbewerbs nicht gewonnen hat. Die elf, zwanzig oder dreißig Beteiligten sind doch keine Verlierer ! - Keiner von denen nagt deshalb künftig am Hungertuch, wenn er sein sonstiges Leben halbwegs im Griff hat.

Das sollten auch die Zuschauer, die Fans, die Hooligans, die Ultras begreifen, die den Fußballsport am liebsten zum Kriegsschauplatz machen. Jeder Mensch, jeder Verein, jede Gemeinschaft kann sich ein Feuerwerk kaufen. Es gibt genug gut ausgebildete Fachleute, die so etwas wunderschön gestalten. Das muss aber nicht unmittelbar während eines Sport-Ereignisses sein, wo Leute in

Gefahr geraten, die ja eigentlich nur etwas Angenehmes erleben wollen.

Wer soll denn am Stadioneingang heraus finden, ob sich zwischen den Bengalischen Fackeln der Ultras auch Raketen und andere Brandsätze verstecken. Auch hier gilt der wichtige, alte Grundsatz: Nur das ist regulierbar, was ausreichend genau bezeichnet und durchgesetzt werden kann.

Fußball ist heutzutage im Wesentlichen ein Showgeschäft. Ein Volkssport ist Fußball auch, ein weit verbreiteter, schöner, aber einer, der im Vergleich zum Show-Fußball absolut nachrangig wahrgenommen wird.

5. Hechtsprung falsch?

Weshalb denn jetzt auf einmal ?

Ich weiß nicht, weshalb sich vor mir kein Hechtsprung-Zweifler gemeldet oder an die Öffentlichkeit gewagt hat. - Selbst trage ich schon ziemlich lange die Erkenntnis mit mir herum, dass "Hechten" eine unpassende Aktion ist. Erst habe ich schüchterne Versuche im Bekanntenkreis unternommen, darüber eine Diskussion anzuzetteln. Desinteresse war das Geringste, was mir entgegen kam. Meistens musste ich mir Argumente anhören, die eigentlich keine sind: Wenn das so wäre, hätten das die Fachleute, die sich mit Fußball viel besser auskennen als du, längst erkannt und geändert.

Ein Freund aus Kinderzeiten, in jungen Jahren draufgängerischer Tormann, jetzt Dr.-Ing. in Pension, noch heute an den Folgen eines Sportunfalls leidend, gab mir und meinen Argumenten grundsätzlich recht. Das machte mir Mut, mich auch öffentlich zu äußern.

Ich schrieb E-Mails an bekannte Torhüter, Journalisten und Universitätsprofessoren, so kurz und präzise wie möglich. In einem Fall wurde mir durch ein Sekretariat bestätigt, die Nachricht sei weitergeleitet worden. Das blieb aber ohne Ergebnis für mich.

Wahrscheinlich wurden meine Schriften meistens den zahlreichen "Ergüssen" zugeordnet, die man in vielfältigen Internet-Foren zu lesen bekommt. Wo sich Schwätzer ohne langes Überlegen in mehr oder weniger ernster und orthographisch akzeptabler Weise zu jedem Thema äußern.

Dann ein Lichtblick: An der Universität Leipzig kam mein Anliegen zu Frau Professor Doktor Maren Witt in der Sportwissenschaftlichen Fakultät. Von ihr erhielt ich einen langen Brief, in dem sie grundsätzliches Interesse erkennen ließ. Gleichzeitig meldete sie Zweifel an, ob meine Betrachtungen die speziellen biomechanischen Vorgänge des menschlichen Körpers ausreichend berücksichtigen.

Die Zweifel konnte ich nur bestätigen, denn auf dem Gebiet fühle ich mich weder qualifiziert noch zuständig. Natürlich war ich heilfroh, bei einer namhaften Wissenschaftlerin gelandet zu sein, der einerseits als Professorin für Sportbiomechanik viele Möglichkeiten zur Untersuchung des Themas zur Verfügung stehen, die aber andererseits genügend Abstand zum Show-Fußball halten kann.

Im Ergebnis unserer Korrespondenz vergab Frau Professor Witt zwei Bachelor-Arbeiten an Studenten der Universität Leipzig, die Leistungsanspruch und Leistungsvermögen der Torhüter untersuchen und vergleichen sollen *(meine verkürzte Formulierung)*. Auf die Ergebnisse bin ich gespannt, und wenn es sich ergibt, möchte ich mich an deren Auswertung beteiligen.

Inzwischen sehe ich mir als ganz normaler Fußball-Konsument im Fernsehen die wichtigen Liga- und internationalen Spiele an. Und das größte Vergnügen bereiten mir solche Keeper, die Springen, Hüpfen und Fliegen als unvermeidbaren Bestandteil jeder Aktion betreiben. Was, liebe Fußballfreunde, bringt einen Torwart dazu, einen Ball, der auf seine Brust zu fliegt, abgehoben und mit angewinkelten Beinen zu fangen? Ja, es stimmt, das hatte ich an früherer Stelle aus dem Nürnberger Stadion schon berichtet und kritisiert. Weil es aber auch anderswo, immer wieder und oft vorkommt, muss ich es hier noch einmal anbringen.

Halt! - Eine Steigerung gibt es noch: Der sogenannte hohe Abschlag, also der Abschlag aus der Hand, wird von manchem Tormann mit Anlauf und an der Strafraumgrenze - abgehoben - mit einer Art "Schneppersprung" ausgeführt. Sehr attraktiv, sehr ungenau!

Ein solcher Abschlag ähnelt dem "Schersprung", der in der Leichtathletik lange Zeit die bevorzugte Hochsprungtechnik war, bis er vom "Roller" oder "Wälzer" abgelöst wurde. Der heute im Wettkampf von allen Hochspringern praktizierte "Flop" brauchte übrigens mehr als zehn Jahre bis er sich durchgesetzt hatte. Das überzeugende Argument der Wissenschaftler: Bei dieser Sprungtechnik geht der Körperschwerpunkt des Sportlers *unter* der Latte durch. Interessant - und nicht widerlegbar!

6. Quantensprünge in anderen Sportarten

1879 fand der erste Skisprungwettkampf statt, natürlich in Norwegen. Die Springer ruderten mit den Armen, um schneller und weiter zu fliegen. *(Das habe ich bei Torhütern bisher noch nicht gesehen.)* Später hielten sie Arme und Hände ruhig und eng an den Körper, zeitweise auch weit nach vorn und nach oben. Der deutsche Helmut Recknagel (DDR) war einer der erfolgreichsten Springer dieses Stils Ende der 1950er und Anfang der 1960er Jahre. Die Ski wurden parallel geführt. Für schön parallel gehaltene Ski gab es eine zusätzliche Haltungsnote, die bekam später noch eine Komponente für den Aufsprung und eine weitere für die Ausfahrt. Das Bewertungssystem wird zweimal um die Ecke gerechnet, so setzt sich das Ergebnis schließlich aus der Weitennote und der Haltungsnote zusammen. Nur weit nützt nichts, wenn die Ski während des Sprunges wackeln, der Aufsprung nicht als "Telemark" gesetzt wird, wenn der Springer bei der Ausfahrt schwankt, in den Schnee greift oder gar umkippt. Um aerodynamisch gut zu fliegen, wurden mehrere Jahrzehnte lang verschiedene Armhaltungen getestet. Der Tropfen-Stil galt lange als günstigste Körperhaltung für die Flugphase, vermeintlich weil er zum schnellsten und damit zum weitesten Flug verhalf.

Anfang der 1990er Jahre spreizte der Schwede Jan Boklöv in der Flugphase seine Skispitzen nach außen. Damit nutzte er den "Fahrtwind" nicht nur unter den Brettern, sondern zusätzlich unter seinem Körper zum Auftrieb. Der dick vom Sprunganzug umgebene Körper lag nun weitaus weniger im Windschatten und im Luftwirbel der breiten Sprungski. Weite Sprünge und niedrige Haltungsnoten waren zunächst das Ergebnis. Das Minus der Haltung wurde aber von den Weiten mehr als ausgeglichen. Immer mehr Springer schauten sich den effektiven V-Stil ab. Einige behielten den Parallel-Ski noch eine ganze Zeit bei und blieben in den Wettbewerben immer weiter zurück. Heute erhält ein guter V-Sprung ebenso eine hohe Haltungsnote wie früher der ideale Sprung mit dem Parallelski.

Die Sprungkleidung erlangte im direkten Gegenwind immer mehr Bedeutung. Ein Anzug mit "tiefem Zwickel" bedeutete mehr Auftrieb. Die Experten des FIS befürchteten wohl, dass bald mit geschlossenen Beinkleidern gesprungen würde. Damit wäre das Skispringen dann doch zu nahe an das Segelfliegen gerückt. Neue, sehr umfangreiche Regeln von der Unterwäsche bis zum Helm sorgten bald wieder für vergleichbare Ergebnisse. Mit direkt vergleichbaren Sprungweiten vom Parallelski zum V-Stil kann ich nicht dienen, denn auch die Schanzen wurden laufend verändert, am meisten zu Gunsten der Sicherheit. Die jungen, nachrückenden Springer und Ski-Flieger trainierten nur noch den V-Stil. Gleichwohl ist der Weltrekord von 2011 auf der Großschanze mit 246,5 m ungefähr 50 m weiter als jener vor der mutigen Einführung des neuen Sprungstils.

In der DDR sollen schon in den 1970er Jahren für den Eisschnelllauf Versuche mit Klappschlittschuhen durchgeführt worden sein. Weshalb die abgebrochen wurden, ist mir nicht bekannt. Ich kann nur vermuten, dass der DDR-Sport auch ohne technische Änderungen - zumindest im Eisschnelllauf der Frauen - genug Titel eingefahren hat. Möglicherweise wollte man auch solchen Anfeindungen aus dem Wege gehen, die das Kufen-Heizen im Rennschlittensport einst provoziert hatte. Als die DDR-Sporttechniker die Kufen erfolgreich heizten, war das zwar nicht regelwidrig, aber als es ruchbar wurde, kamen prompt die Regeländerungen, die es untersagten.

In den 1990er Jahren griffen die Niederländer die Idee vom Gelenk an der Schlittschuh-Kufe wieder auf und bastelten daran bis zur Serienreife. Es soll bewirken, dass die ganze Kufe länger das Eis berührt, und das bremsende "Einspitzeln" kurz vor dem Abheben vom Eis soll damit vermieden werden. 1995 kam der Klappschlittschuh erstmals bei einem internationalen Wettkampf zum Einsatz. Heute nutzen ihn alle maßgeblichen Rennläufer.

Die Zunahme der Höchstgeschwindigkeit soll beim 10.000-Meter-Wettbewerb etwas mehr als 1 m/s betragen. Statt vorher 12 m/s werden mit den "Klappmessern" jetzt über 13 m/s erreicht. Das heißt: Der Sportler mit den starren Schlittschuhen verliert in jeder Sekunde einen ganzen

Meter gegenüber dem Läufer mit Klapp-Kufen. Als ich das las, konnte ich es nicht glauben. Dreimal musste ich es auf verschiedene Weise nachrechnen, um mich selbst davon zu überzeugen.

Der Norweger Olaf Koss brauchte mit festen Kufen 1991 für die 10.000 m noch 13 Minuten und 43,54 Sekunden. 2007 lief der Niederländer Sven Kramer die selbe Distanz mit seinen Klappschlittschuhen in 12 Minuten und 41,69 Sekunden. Dieser Weltrekord steht Ende 2011 noch. Ob es jemals wieder einen solchen Quanten-Sprung geben wird? Wer weiß - und womit?

Würde man einen Wettkampf zwischen Koss und Kramer als Revival-Event nachstellen, könnte Sven Kramer - ohne zu hasten - sein zweites Bier ansetzen, wenn Olaf Koss die letzten 10 Meter in 0,83 Sekunden absolviert.

7. Zurück zum Fußball

In der 86. Minute des Champions-League-Spiels FC
Basel gegen den FC Bayern München am 22. Februar 2012
trat der Schweizer Stocker mit der Rückennummer 14
wenige Meter vor dem Bayern-Tor eigentlich ganz un-
glücklich gegen den Ball. Denn der flog zwar exakt in
Richtung Tor, aber noch exakter genau dorthin, wo sich
die Beine des Bayern-Torhüters Manuel Neuer befanden.

Auf den ersten Blick ist es kaum zu erklären, weshalb
Manuel Neuer beim Herannahen des Balles wie ein
Frosch in die Höhe "hüpfte" und mit senkrechtem Oberkörper seine gespreizten Beine nahezu in die Waagerech-
te brachte. Der Ball passierte den Körper des deutschen
Nationaltorhüters genau unter ihm und dort, wo sich seine Beine noch wenige Hundertstel Sekunden vorher be-
funden hatten.

Die Szene ist aus Sicht der Bayern zwar tragisch, denn
damit stand es 1:0, und das Spiel ging verloren. Das Prädikat "unhaltbar" hatte Stockers Schuss wohl kaum verdient. Aus meiner Sicht ist besonders tragisch, dass niemand die Fehlleistung des Super-Keepers auch nur im
Entferntesten "gewürdigt" hat.

Die Angelegenheit hat nichts mit einem Hechtsprung zu tun. Aber bei intensiver Betrachtung und mangels einer anderen Erklärung für Neuers Hüpfer geht meine Deutung doch in diese Richtung.

Manuel Neuer ist zweifellos ein hervorragender Torsteher - im Vergleich zu vielen anderen. Böswillig könnte man ihm unterstellen, er sei gehüpft, um den Ball durch zu lassen. Das käme aber fast einer Gotteslästerung gleich, und davon bin ich weit entfernt. Ich suche für den folgenschweren Fehler nach einer schlüssigen Erklärung, nach einer, die Manuel Neuer von allzu großer Schuld halbwegs rein wäscht. Wenn Manuel nicht schuld ist, wer ist es dann? Seine Trainer, sie haben ihm das unbedingte Fliegen beigebracht. Oder war das Abheben in dem speziellen Fall zwar falsch, aber als allgemeine Abwehrreaktion durchaus normal und vertretbar?

In der geschilderten, mit Videos und Fotos belegten, Situation den Körper nach oben zu schnellen und dabei auch noch die Beine, nicht nur die Füße, unverhältnismäßig weit nachzuziehen, muss eigentlich als kontraproduktiv und absurd bezeichnet werden. Sein Gehirn hat ihm das nicht eingebrockt, denn Manuel Neuer ist intelligent. Wir wissen aber, dass bei so kurzer Reaktionszeit die Nerven in den Gliedmaßen nicht auf Befehle vom Gehirn warten, sondern sie regen die Muskeln eher "motorisch" an. Dabei führen die Aktionen von Muskeln und Sehnen zu schnellen Körperbewegungen, die ihnen für bestimmte Anlässe antrainiert, ja an-"dressiert" wurden. *(Auf*

Ausführungen über "Großhirn" und "Kleinhirn" verzichte ich hier bewusst, um dem Vorwurf vorzubeugen, ich habe jemandem eine bestimmte Hirngröße zugeordnet.) Und jetzt kommt wieder das Prädikat "unhaltbar" ins Spiel. Der Schuss war nicht unhaltbar, denn Manuel Neuer hätte nur stehen bleiben müssen. Sein Körper jedoch war - bei seinem Trainingsstand in der speziellen Situation - nicht auf dem Boden zu halten, also: unhaltbar - sein Körper ! - Das Trainingsziel für das geschilderte Manöver stelle ich mir so vor: Wenn der Torwart bei kurzer Distanz nicht weiß, wohin der Ball fliegt, muss er mit Rumpf, Kopf und Gliedmaßen eine möglichst große Teilfläche des Tores abdecken. Dazu spreizt er Arme und Beine so weit wie möglich; und das geht vermeintlich am weitesten, wenn er dabei abhebt. Hätte Manuel Neuer die weite Spreizung mit Bodenkontakt ausgeführt, wäre er vermutlich vom Ball "getunnelt" worden. Bei maximaler Spreizung, die man gemeinhin Spagat nennt, wäre das Tor wahrscheinlich nicht gefallen, eventuell aber Manuel Neuer ! -

Hier muss ich aber ehrlich bleiben. Einen Torschuss aus sehr geringer Entfernung erfolgreich zu parieren, bei dem die Flugzeit des Balles geringer ist als die beste Reaktionszeit des Torhüters, ist Glücksache. Dass es guten Torleuten trotzdem relativ oft gelingt, hat etwas mit Erfahrung, Gegnerbeobachtung, Vorausahnung, 7. Sinn und ähnlichen "Phänomenen" zu tun. Wenn jetzt jemand feststellt, dass ich aus Manuel Neuers kapitalem Bock vom Anfang des Kapitels ein wollweiches Lämmchen gemacht habe, so gebe ich dem recht. Das zeigt, wie kompliziert, wie anspruchsvoll die Aufgabe des Torhüters ist.

Indem ich hier gegen den Hechtsprung zu Felde ziehe, behandle ich nur einen kleinen Teil des breiten Spektrums, für das ein Torhüter in und vor seiner Kiste zuständig ist. Sollte sich meine Theorie bestätigen, sehe ich keinen Grund, mit Häme auf die zu schauen, die bisher die attraktive Torfliegerei betrieben und weiterhin praktizieren wollen. Eines will ich hier jedoch mit Nachdruck fordern: Liebe Fußballspieler, behaltet die Füße auf dem Boden. Verlasst den sicheren Grund nur, wenn es unbedingt erforderlich ist. Fallrückzieher und hohe Kopfbälle gehören in diese Kategorie, der Hechtsprung nicht - meine ich.

Aber noch einmal konkret zu den Hechtsprüngen von Manuel Neuer: Bei seiner Körpergröße (1,93 Meter) gibt es aus meiner Sicht keine wirkliche Notwendigkeit, den festen Boden unter beiden Füßen gleichzeitig zu verlassen. Es sei denn, um als "mitspielenden Tormann" mit sehr langen Sätzen den weit entfernten Ball zu erreichen. Da müssen ihm auch ein paar weit ausgreifende Laufschritte gestattet sein. Und sollte ihn ein raffinierter "Lupfer" zwingen, über Lattenhöhe zu greifen oder zu stoßen, kann er das ohne andressierte Hast tun, denn Lupfer sind keine scharfen Schüsse. Die Leute, die ihn das Hüpfen, Springen und Fliegen lehrten, ja ihn darauf dressierten, haben ihn nach ihrem besten Wissen und Vermögen trainiert. Ob es das Beste für ihn war? - Ich wünsche mir Beweise, möglichst wissenschaftliche.

Wissen ist nichts Endgültiges, und die Naturgesetze der Mechanik gehören eigentlich schon lange zum Allgemeinwissen. Es gibt aber genug Beispiele dafür, dass längst bekannte theoretische Kenntnisse in bestimmten Anwendungsbereichen erst spät und gegen heftigen Widerstand der Praktiker den Weg in den alltäglichen Gebrauch gefunden haben.

Manuel Neuers Vorgänger auf Schalke, Frank Rost, und alle anderen vor ihm und überall waren so leuchtende Vorbilder für den - damals noch etwas kürzeren - Manuel, dass ihm gar keine Zweifel am Hechten und Springen aufkommen konnten, seit er mit fünf Jahren in den Gelsenkirchener Knappenverein eintrat. Und das, was man im Physik-Unterricht über Beschleunigung, Trägheit, Schwerkraft und Wurfparabel lernt, ist mit so vielen Formelzeichen behaftet, dass ein talentierter Youngster darin nicht im Entferntesten einen fliegenden Torhüter vermutet. Aber seine Physiklehrer? - Ein Torwart als praktisches Beispiel, anstatt einer Kanonenkugel oder eines imaginären Wurfobjektes, hätte sicher zur erhöhten Aufmerksamkeit der Schüler beigetragen.

Offensichtlich ging es dem hellen Stern am Torwarthimmel, Marc-André ter Stegen, ebenso. Mit vier Jahren kam er zu Borussia Mönchengladbach, dort wurde er systematisch ausgebildet und über diverse Kinder- und Jugendmannschaften bis zur National-Elf U21 entwickelt. Oliver Kahn ist sein großes Vorbild, er will aber kein zweiter Oliver "Titan" werden. Vielleicht kann er sich den Hechtsprung, den er jetzt schon mit großer Perfektion - einschließlich des notwendigen Übergriffs - beherrscht und auch schon reflexartig ausführt, zu Gunsten des rasanten Sprints noch abgewöhnen.

8. Sonderformen des Hechtsprungs

Kommt der Ball in Reichweite des Schlussmannes tief herangeflogen, und der Keeper streckt sich danach, sieht die Aktion dem Hechtsprung sehr ähnlich. Der Bodenkontakt wird dabei aber nicht oder nur teilweise aufgegeben. Wahlweise könnte der Tormann zum Ball sprinten und ihn mit dem Fuß abwehren. Ich hatte keine Gelegenheit, das zu messen, aber ich nehme an, die Streckphase kann ebenso schnell ausgeführt werden wie der Sprint. Für die Ballberührung steht in dem einen Fall der richtige (?) Fuß zur Verfügung, im anderen mindestens eine Hand. Der Keeper wird sich zu dem entscheiden, was er am besten trainiert hat.

Dem echten Hechtsprung nach unten, bei dem der Körper-Schwerpunkt des Torwarts tatsächlich seinen Abstand zum Erdboden verringert, räume ich einen fairen Vorteil gegenüber dem Sprint mit Fußabwehr ein.

Unter einer österreichischen Internet-Adresse habe ich einen Beitrag gefunden, in dem zwischen aktivem und passivem Hechtsprung unterschieden wird. Der Autor meint damit, ob mit der Aktion ein Tor erzielt oder eines verhindert werden soll. Demnach behandelte alles, was ich bisher über den Hechtsprung geschrieben habe, die passive Seite.

Wesentlich seltener ist der aktive Hechtsprung zu sehen, der von einem "Stürmer" ausgeführt wird:

"So manches Kopfballtor ist durch einen Hechtsprung entstanden, wobei man festhalten muss, dass das Tor mit einem Schuss durch das Bein ebenso möglich gewesen wäre. Oft ist es einfach das Ziel, ein besonderes Tor zu schießen und das Tor via Hechtsprung zählt zu den außergewöhnlichen Spielzügen. Daher nimmt man diese Variante gerne in Kauf, um einen Ball auf einer Höhe von einem halben Meter mit dem Kopf zu treffen - also auf einem Niveau, wo man normalerweise keinen Kopfball vermuten würde."
(aus: Sportlexikon; www.wissenswertes.at/index.php?id =fussball-hechtsprung)

Hier lässt der Autor die Katze aus dem Sack: Beim aktiven Hechtsprung kommt es auf die Wirkung des Ereignisses an, die aus einem simplen Torschuss ein "major sporting event" macht, ein hervorragendes Sport-Ereignis. Die Art, wie er das beschreibt, lässt keinen Zweifel, dass sich der angreifende Spieler in freier Auswahl für den spektakulären Kopfstoß entscheidet. Das setzt bei einem verantwortungsbewussten Angreifer voraus, er könnte das Tor sowohl mit dem Fuß als auch mit dem Kopf sicher erzielen. - Wird die Show-Einlage wirklich nur gezeigt, wenn es um nichts Ernstes geht - eben der Show wegen? - Oder gibt es einen Bereich, etwa ab 60 cm Höhe, in dem der Ball nur mit einer artistischen Aktion in die gewünschte Richtung gebracht werden kann?. Eine solche ist der aktive Hechtsprung, weitere sind der Fallrückzieher, der Seitrückzieher, der Seitfallzieher und wie derartige Kunstschüsse von Fachleuten und Laien mit bewundernswerter Kreativität auch sonst noch genannt werden.

9. Torhüter, die defensivsten Fußballspieler

Der Torwart wird in Fach-Definitionen als der "defensivste Fußballspieler" bezeichnet. Das bringt seine besondere Aufgabe mit sich. Die Privilegien, für die Ballbehandlung im Strafraum die Hände einsetzen zu dürfen und im Torraum besonderen Schutz zu genießen, sollen ihn bei der Erfüllung seines Auftrages angemessen unterstützen.

Torleute, die weite, gut platzierte Abstöße und Abwürfe fertig bringen und hin und wieder ein Stück - oder sogar weit - außerhalb des Strafraumes wie Feldspieler agieren, erhalten gern das Prädikat "mitspielender Torwart". Die letztgenannte Spielweise bringt für den Torhüter die Gefahr mit sich, dass im ungünstigen Fall der Gegner das leere Tor trifft. Das hat der Keeper dann psychisch zu verschmerzen.

In seiner defensivsten Funktion ist der Torhüter aber vielfältigen körperlichen Gefahren ausgesetzt. Und ich bringe hier einen weiteren Gesichtspunkt gegen den unbedingten Hechtsprung ins Spiel.

Ganz extreme Fälle, die es in der Fußballgeschichte gab, will ich nicht beispielhaft anführen, sie kommen zum Glück sehr selten vor.

Petr Čech, der tschechische National-Torhüter erlitt 2006 als Goalkeeper des FC Chelsea beim Premier-League-Spiel gegen den FC Reading einen Schädelbasisbruch. Angreifer Stephen Hunt, irischer Draufgänger, hatte ihm an den Kopf getreten, während Petr Čech, liegend, den Ball schon fest in den Händen hatte.

Seitdem setzt sich Petr Čech, der UEFA-Torhüter der Jahre 2005, 2007, 2008 und 2012, für mehr Schutz der Torhüter im Strafraum ein. Nach seiner Meinung müssten die Schiedsrichter gegen gefährliche Aktionen der Angreifer konsequenter vorgehen. Er selbst spielt seit seinem Unfall nur noch mit einem Kunststoff-Schutzhelm. Gut, dass er neben dem Schutz seines Kopfes damit immer erneut die Aufmerksamkeit der Fachgremien und der Öffentlichkeit auf die besonderen Gefahren lenkt, in die sich die Torhüter begeben.

Es gehört nun einmal dazu, dass Torleute spektakulär in die Luft steigen und sich auch zu Boden werfen. Waagerechtes Fliegen und sich dem Angreifer kopfüber vor die Füße zu schmeißen, das sollte, denke ich, zugunsten eines Sprints und beherzter Fußabwehr möglichst vermieden werden. Schon des Öfteren hatte ich das Gefühl, in der Zunft der Torhüter hält man die Fußabwehr für ehrenrührig.

10. Zum guten Schluss

Zum guten Schluss noch ein paar besondere Beispiele:

Der Life-Ticker der "süddeutsche.de" schreibt am 21. August 2012 zum 2. Tor in der 60. Minute des Pokalspiels Jahn Regensburg gegen Bayern München zum Freistoß nach Handspiel:

"Diesmal darf Xherdan SHAQIRI ran und der trifft aus 18 Metern maßgenau rechts ins Tor. Keine Abwehrchance für Hofmann."

Meine Meinung ist dazu, dass es sich bei der Parade um einen klassischen Fall von Hechtsprung mit gut trainiertem Übergriff handelte, natürlich mit dem ebenfalls klassischen Ergebnis bei exakt platziertem Schuss: - Tor !

Michael Hofmann, erfahrener Keeper (knapp 40), hatte bei dieser Aktion wirklich keine Chance. Sein Weg durch die Luft zur "Einschlagstelle" war zu weit. Als der Ball da war, hatte er mit der "ballfernen Hand", die durch den Übergriff dem Ball näher kommen soll, als es der "ballnahen" möglich ist, den höchstmöglichen Punkt erreicht *(vgl. 3. Der Übergriff ...)*. Seine Reaktion war bemerkenswert schnell, und der Ball flog zum Zeitpunkt des "Einschlages" genau über seine Hände.

Um die Mauer zu überwinden und dabei nicht an oder über die Latte zu schießen, hatte SHAQIRI den Ball mit Links im kunstvollen Bogen in sein Ziel gelenkt. Das bedeutet, dass der Schuss nicht ausgesprochen scharf angelegt sein konnte.

Die "Flugzeit" des erkannten Balles war annähernd gleich mit der Summe aus Reaktionszeit plus Flugzeit des Torhüters. In dem Fall war allein die Bewegungsart die Ursache seines Misserfolges. Zwei, drei Sprintschritte hätten Tormann Michael Hofmann mindestens ebenso schnell an die "Einschlagstelle" gebracht, aber in weitgehend aufrechter Körperhaltung mit allen geeigneten Möglichkeiten zum Zugreifen, Abwehren oder Ablenken.

Das Video aus der ZDF-Mediathek zeigt den genauen Ablauf des Abwehrversuches. Der routinierte Tormann befindet sich beim "Einschlag" gerade am Ende seiner Streck- und Absprung-Phase.

Der weitere Verlauf seines Fluges ist eine Studie, die nichts mehr mit dem Ball zu tun hat. Aber sie bestätigt, wie das Strecken der Arme und das Nachziehen der Beine den Flug verzögern. Dabei wird der Körperschwerpunkt in Richtung Kopf verlagert, und der Oberkörper durch die Schwerkraft verstärkt nach unten gezogen. Das hätte beim Hechtsprung zu einem weiter entfernten Ball für noch größere Weiten- und Höhendifferenz gesorgt.

An manchen Tagen fällt einem in den Schoß, worauf man lange gewartet hat: Am späten Nachmittag des 19.

September 2012 schaltete ich den Fernseher an. Ohne danach zu suchen, sehe ich Frauen-Fußball. Die deutsche Nationalmannschaft "trainiert" gegen die Türkei im letzten EM-Qualifikationsspiel. Melanie Behringer verwandelt nach ihrem 4:0 in der 52. Minute in der 60. den Foul-Elfmeter zum 6:0. Die türkische Torfrau Fatma Sahin hadert mit sich und ihrer Hintermannschaft. Auch ihr hat man den Hechtsprung beigebracht und ihr offenbar auch abtrainiert, zum Ball zu sprinten. Sie war ja mit den Händen an der Einschlagstelle, aber leider nicht genau genug, um den Ball um den Pfosten zu lenken. Später sehe ich im ZDF-Ticker, dass es ihr beim Hand-Elfmeter in der 46. Minute, geschossen von Simone Laudehr, fasst ebenso ergangen war. Mit zunehmender Torfrequenz bis zum finalen 10:0 tat sie mir schon leid. Wie sollte sie kraftvoll fliegen, wenn sie kaum noch laufen konnte?

Am Abend gönnte ich mir das Champions-League-Spiel der Bayern gegen Valencia. Und ich ahnte nicht, dass ich drei perfekte Torschuss-Szenen geboten bekäme, die sehr gut zu meinen vorher aufgestellten Thesen passten.

Als Kroos in der 76. Minute aus 23 Metern Torentfernung aus dem Lauf heraus in die linke untere Ecke des Valencia-Tores schoss, unternahm Tormann Alves einen Schritt in Richtung Ball und hob dann zum Hechtsprung ab. Er erreichte mit den Händen zwar die Stelle, an der der Ball einschlug, war aber dort zu keiner präzisen Handlung fähig. Es fehlte an Stabilität seines Körpers, um mindestens eine Hand schnell und wirkungsvoll an den Ball zu bringen. Es fehlte an Bodenkontakt.

In der 1. Minute der Nachspielzeit fühlte sich die Mannschaft des FC Bayern München beim 2:0 als sicherer Sieger. Eine wunderschöne Flanke kam von links vor das Bayerntor. Der Paraquayer Nelson Valdez (1,78) gewann das Kopfball-Duell gegen Bastian Schweinsteiger (1,83) im wahren Sinne des Wortes so hoch, dass er aus rund sieben Metern Torentfernung einen tollen Aufsetzer in Richtung des rechten Pfostens platzieren konnte. Gegen den war Manuel Neuer - nach bisheriger Lesart mit seinem Hechtsprung - machtlos.

An der Flugstrecke, die er mit dem Sprung überwand, lag es nicht, denn seine linke, "ballnahe" Hand war ganz dicht am halbhoch ins Tor springenden Ball. Im Flug konnte der Bayern-Tormann aus Gelsenkirchen die Bewegung seiner Hand nicht mehr so schnell nach unten korrigieren, um an den Ball zu kommen, der nach dem Aufsetzen etwas tiefer heran flog als vorausgesehen. Ich meine, Manuel Neuer hätte sprinten sollen und bei Bodenkontakt den Ball mindestens um den Pfosten lenken können.

Drei Minuten später lieferte mir der Valencia-Tormann Alves ein Beispiel für das voran behandelte 8. Kapitel der besonderen Hechtsprünge:

Normalerweise hätte der gefoulte Robben - auch gegen die ungeschriebene Regel - den Strafstoß selbst geschossen und mit großer Wahrscheinlichkeit auch verwandelt. Trainer Jupp Heynckes wollte aber dem Bayern-Neuzugang Mario Mandžukić offensichtlich die Möglichkeit geben, seine Serie fortzusetzen, denn der hatte unter Heynckes vorher beim VFL Wolfsburg und seit seinem Einsatz bei Bayern München in jedem Spiel mindestens ein Tor erzielt.

Der Elfer in der letzten Minute der Nachspielzeit eines bis dahin gewonnenen Spieles barg nur das verkraftbare Risiko, das Ergebnis *nicht* zu verbessern.

War es überzogener Ehrgeiz oder ein misslungener Täuschungsversuch? Mandžukić lief die letzten Schritte in solcher Links-Schräglage an, dass sich Tormann Alves reflexartig in seine rechte untere Ecke strecken musste. Bei nahezu ununterbrochener Bodenberührung rutschte der Keeper am Ende noch ein Stück über den Torrasen. Während der Ball sein rechtes Knie traf, kam er mit den Händen fast bis an seinen rechten Torpfosten. Hier hatten im Zusammenwirken Stürmerbeobachtung, Reaktionsvermögen, Schnellkraft und Schwerkraft ein hochgradig sicheres Tor verhindert.

Tormann Alves hatte eindeutig den Erfolg. Den Ball mit dem Knie abzuwehren, war aber kaum sein direktes Ziel. Hätte er im Stil der berühmten "Katzen-Tormänner" Petar "Radi" Radenkowić und Sepp Maier den Weg durch die Luft gewählt, wäre der Schuss mit großer Wahrscheinlichkeit unter ihm hindurch gegangen.

Ich will beileibe nicht an den Sockeln der genannten "Größen" rütteln. Neben ihren erstklassigen sportlichen Leistungen brachten es beide auch wegen spektakulärer Einlagen mit hohem Show-Wert zur Berühmtheit. Auch damit haben sie zur Attraktivität des Fußballspiels beigetragen. Und eine weitere Kunst *(Kunst kommt von Können)* muss man Ihnen zugute halten: Nach weit entfernten und tiefen Zugriffspunkten sind sie meistens in einem hohen Bogen gehechtet. Viele Zuschauer - auch ich - haben ihnen das als Aktion ausgelegt, die optisch die Attraktivität steigert. Aus heutiger Sicht meine ich jedoch, dass sie ganz gezielt den "hohen Bogen" wählten, weil der in einem optimalen Winkel die längste, am weitesten reichende Wurfparabel ermöglicht *(vgl. 2. Der Hechtsprung ...).*

Und das von Sepp Maier kreierte Trainings-Tor, bei dem der trainierende Torwart in vielfältiger Weise auf spät zu erkennende und abgefälschte Torschüsse reagieren muss, ist auf die wohl wichtigste Komponente der Torhüter-Eigenschaften ausgerichtet: das Reaktionsvermögen. Mit oder ohne Hechtsprung, wer zu spät abspringt oder lossprintet, kommt in jedem Fall zu spät an die Einschlagstelle.

Nachgetreten

Den "verschossenen Elfer" von Mandžukić im vorangegangenen Kapitel kommentierte Jupp Heynckes mit: "Daran müssen wir arbeiten." Damit hat der Noch-Bayern-Coach eine erschöpfende, durchaus übliche und universelle Stellungnahme abgegeben.

Ich kenne mich nicht damit aus, ob oder wie hoch Kurz-Interviews vor und nach Fußballspielen, in Halbzeit- und anderen Pausen, vor und nach dem Bus- oder dem Flug-Transfer sowie bei Pressekonferenzen und Talk-Shows honoriert werden. Ich weiß aber sehr gut, wie ich mich beim Anschauen und Anhören solcher Gespräche oft fühle: peinlich angerührt.

Die Banalität der Fragen und Antworten ist kaum zu übertreffen. Darüber kann auch die inzwischen erfolgreich antrainierte, seltener auch natürliche Schnoddrigkeit einiger Akteure nicht hinweg täuschen.

In Erinnerung an den spektakulären Tritt von Jürgen Klinsmann in eine Werbe-Tonne und an die Geldbeträge, die Gerüchten zufolge dafür geflossen sein sollen, kann ich nur hoffen, dass die genervten Spieler und Trainer für die ungeliebten Qual-Interviews angemessenes Honorar erhalten. Oder geht es um die Werbe-Einnahmen unserer wandelnden Litfaß-Säulen?

Sie, geschätzte Fußball-Veranstalter, Fans in den Stadien und Wirtshäusern wie in den Fernsehsesseln, schauen Sie sich die Aktionen der Torhüter weiterhin wohlwollend, aber auch kritisch an. Beurteilen Sie, ob Torschüsse, die Sie bisher für unhaltbar hielten, nicht doch hätten gehalten oder abgewehrt werden können.

Wenn ich das Ziel meiner These erreiche, und in absehbarer Zeit anhand von wissenschaftlichen Studien die Berechtigung des Hechtsprunges ganz oder teilweise bestätigt oder widerlegt wird, haben sicher alle Beteiligten und Interessierten ihre Freude daran.

Eines ist aber jetzt schon sicher: Torhüter, die es sich zur Gewohnheit gemacht haben, bei nahezu jeder Aktion abzuheben, sollten sich das abgewöhnen oder sich nach einer Sprung-Sportart umsehen. Fußballspielen gehört nicht dazu, es sei denn, Show-Wert und Flugzeiten werden irgendwann in Tore umgerechnet.

Zeitfracht Medien GmbH
Ferdinand-Jühlke-Straße 7
99095 Erfurt, Deutschland
produktsicherheit@kolibri360.de